H. COMIGNAN

THIERS

POÈME NATIONAL

PARIS

E. DENTU | S. COSTE
LIBRAIRE-ÉDITEUR | LIBRAIRE-COMMISSIONNAIRE
Palais-Royal. | 20, rue du Croissant.

1877

THIERS

POÈME NATIONAL

À LA MÉMOIRE

DE

LOUIS-ADOLPHE

THIERS

GRAND'CROIX DE LA LÉGION D'HONNEUR

CHEVALIER DE LA TOISON-D'OR, ETC., ETC.

Né à Marseille, le 16 avril 1797.

DE 1820 A 1870

AVOCAT, JOURNALISTE, HISTORIEN,

DÉPUTÉ, MINISTRE, ORATEUR, DIPLOMATE

DE 1870 A 1871

Libérateur du territoire français

DE 1871 A 1873

Président de la République française

MORT A SAINT-GERMAIN-EN-LAYE

AU PAVILLON HENRI IV

LE 3 SEPTEMBRE 1877

Patriam dilexit. — Laborem coluit.

H. COMIGNAN

THIERS

POÈME NATIONAL

PARIS

E. DENTU
LIBRAIRE - ÉDITEUR
Palais-Royal.

S. COSTE
LIBRAIRE-COMMISSIONNAIRE
20, rue du Croissant.

1877

AUX ALSACIENS-LORRAINS

RÉFUGIÉS EN FRANCE

———

I.

S'il n'a pu vous garder à la mère patrie,
Alsaciens-Lorrains, sachons nous souvenir
Qu'il a su relever notre France meurtrie,
Et qu'à notre espérance, il ouvrit l'avenir ;

Qu'il conserva Belfort, là-bas sur les frontières,
Que le regard français, de là, planant peut voir,
Dans la plaine, sous lui, nos chères prisonnières,
Calmes dans la douleur et fermes dans l'espoir.

Vos cœurs ont tressailli, lorsque dans vos ténèbres
Tombèrent tout-à coup, vibrants, ces mots funèbres :
— Thiers est mort !...

                 Il est mort, oui... le vaillant lutteur !

Or, je veux le chanter, moi, l'humble patriote,
Je veux que, par ces vers, il soit encore votre hôte,
Que, jusque dans la tombe, il soit un bienfaiteur.

I

LE CITOYEN

—

Si Patrie est un nom qui contient tous les autres,
Le premier, le plus grand de tous ceux qu'il contient,
C'est celui qui résume et les droits qui sont nôtres,
Et surtout nos devoirs, le nom de citoyen.

Qui veut porter ce nom, doit, avant tout, se dire
Que ces trois libertés sont ses droits désormais ;
Liberté de penser, de travailler, d'élire ;
Mais qu'en perdre une seule est tout perdre à jamais.

Quant au devoir, c'est croire à la France, aux ancêtres ;
C'est marcher fièrement par leurs mêmes chemins
Et savoir qu'il est lourd de rester les seuls maîtres
De vingt siècles d'honneur, légués entre nos mains.

C'est garder le Présent fort, pur de toute honte ;
C'est suivre du Progrès les pas audacieux ;
C'est n'oublier jamais que nous devons un compte
A nos fils, de l'honneur laissé par les aïeux ;

C'est lire le Passé ; c'est voir comment s'est faite
La France ; c'est chercher d'où viennent nos malheurs ;
N'est qu'à demi-vaincu qui comprend sa défaite ;
L'âme se fortifie au contact des douleurs.

Qu'au seul mot de pays, tout, courage, justice,
Dévouement, dans nos cœurs, parle sans hésiter,
Et que si douloureux que soit un sacrifice,
Nous soyons trop heureux encor de l'accepter.

Car, si la France est grande, invincible, estimée,
Le plus humble de ceux qui, pour elle, ont lutté,
Est grand de la grandeur de la Patrie aimée
Et digne de ses droits et de la liberté ;

Il sent au fond du cœur cette sainte alliance
De l'amour du travail et de l'amour du bien,
Et, parlant à son cœur, la vieille conscience
Lui dit : Sois fier, mon fils ; le front haut, citoyen !

Mais que sera-ce donc si, possédant, unie
A la force, l'audace et comprenant cela,
Un homme à son pays dit, offrant son génie
Tout entier : « Pour toi seul à jamais, me voilà !

Alors qu'un siècle presque, au cœur de la tempête,
Dans la lutte puisant une nouvelle ardeur,
Cet homme a combattu, toujours à notre tête,
En n'ayant qu'un seul but : la France et sa grandeur ?

Oui, que sera-ce donc, si chaque heure passée
Par lui, ce fut, pour nous, à ce combat ardent
Où les lois, où les droits, la France menacée,
Etaient l'enjeu, joué sur l'abîme grondant ?

Et que son seul repos, ce fut, dans notre histoire,
De chercher des leçons dignes de l'avenir,
Et pesant chaque deuil, chantant chaque victoire
D'ouvrir un livre immense à notre souvenir.

Qu'enfin, touchant au bout de sa longue carrière,
Cela fait et n'ayant qu'un amour dans le cœur...
La France !... être forcé de la voir prisonnière
Et l'arracher mourante au serres du vainqueur ?

Ah ! ce ne sera plus au chant de délivrance
D'un peuple, que son cœur seul viendra l'acclamer,
Ce seront la Patrie en deuil, ses fils, la France
Debout sur le tombeau qui vient de se fermer ;

Chaque Français, songeant qu'au-dessus de l'abîme,
Lorsque nous chancelions, il fut notre soutien ;
Et que de citoyen, s'il fit un nom sublime,
Ce nom est tout à lui :

Thiers, le grand citoyen.

II

L'HISTORIEN

O sublime repos ! Son repos fut l'histoire ;
Et quelle tâche énorme il osa se choisir !
Dans l'amoncellement inoui de la gloire,
Son regard hésitant fouilla, sans s'éblouir.

Il prit Quatre-vingt-neuf, il prit Quatre-vingt-treize.
Le réveil du lion, secouant d'un seul coup
Vingt siècles d'esclavage !
                              Au cœur de la fournaise
Il s'élança cherchant, défendant, fouillant tout !

Il pétrit dans l'airain cette œuvre colossale
D'un peuple furieux ébranlant l'univers ;
Les tribuns discutant froidement dans la salle,
Quand l'inconnu sur eux marchait les bras ouverts ;

L'ombre, le sang, la nuit, et le canon d'alarmes
Tonnant, et la Patrie en danger, et, là-bas,
Le tas de va-nu-pieds sans souliers et sans armes
Violant la victoire au choc de cent combats.

Puis l'Europe ruée en masse sur la France,
Et l'Europe écrasée à l'Est, au Sud, au Nord,
Et les désespérés rayonnant d'espérance,
Et le faible d'hier devenu le plus fort :

Le peuple, sous ses pieds, écrasant un royaume,
Devenant roi lui-même et vengeant ses aïeux,
Créant le citoyen, dictant les droits de l'homme
Et voyant d'un regard ce que cachaient les cieux.

Enfin le Consulat, l'Empire, les batailles,
Le sang coulant à flots, le Corse se levant
Si haut que des plus grands il dépassa les tailles,
Aigle immense en son aile engouffrant tout le vent ;

Formant ce tourbillon énorme dont la terre
Vascilla, préparant Sedan par Iéna,
Et tombant, tout à coup, sur un roc solitaire,
    Où le monde l'abandonna.

Dans sa chute entraînant épuisée, enchaînée,
La France où le passé revient victorieux,
Où vivent, au hasard d'une autre destinée,
L'œuvre, le sang, la chair, l'honneur de nos aïeux.

Mais lorsqu'il termina cette immense épopée,
Où la France, où l'Europe, où le monde tremblant,
Voyaient un inconnu tailler à coups d'épée
Un empire vivant un jour et s'écroulant,

Il voulut nous donner cette leçon suprême,
Et qu'en lettres de sang l'histoire nous montrait :
Que le peuple avant tout doit se guider lui-même ;
Sous un maître aujourd'hui, demain il disparaît.

Que lorsqu'on a jeté ces paroles au monde :
« Les hommes sont égaux, libres, frères ! » il faut
Que seuls, et sans qu'un maître inconnu nous seconde,
Nous allions à ce but, plus haut, toujours plus haut ;

Que lorsque, pour aïeux, on possède les hommes
Qui prirent l'esclavage et qui l'ont terrassé,
Nous ne pouvons laisser, venus où nous en sommes,
Se relever, sous nous, les vaincus du passé !

III

L'ORATEUR

—

Un peuple a su choisir, pour lui tracer la route,
Ses hommes, députés, puissants de ses seuls droits ;
Il les suit dans leur œuvre, anxieux les écoute,
Tremblant de leur colère ou calmé par leurs voix.

La tribune là-haut se dresse nue, altière,
Dominant tout. C'est là que tout respire aussi,
Là que le monde entier, là que la France entière,
Attendent des arrêts, formulés sans merci.

C'est là que la loi dure, ô loi, force suprême,
S'élance, et que, courbant le front le plus hautain,
Nivelant, sous son vol, jusqu'au trône lui-même,
Elle change à son gré la marche du destin.

C'est là que d'un seul mot l'avenir se décide
Là qu'on peut engloutir tout un peuple, à jamais ;
Écraser les partis, suivre leur voix perfide,
Ou tomber dans le gouffre, ou monter aux sommets.

C'est là que prévoyant les plus terribles chutes,
Thiers s'élança, penseur profond, Français d'abord,
Et que puisant sa force au cœur même des luttes,
Devinant les écueils, il nous remit au port.

C'est là qu'il arrêta, vers le gouffre lancée,
La vieille royauté nous tendant son filet,
Croyant y prendre un peuple entier, pauvre insensée !
Qu'il brava Charles X, et termina juillet.

C'est là que défenseur des conquêtes humaines,
Il montra l'ennemi venant dans l'ombre ; là
Qu'il a su mettre à nu les routes souterraines,
Sous la France en péril, des fils de Loyola ;

C'est là qu'il épargna, comme le sang des veines,
Nos trésors gaspillés par des agioteurs,
Les impôts écrasants, le plus lourd de tes peines,
O peuple, et qu'il voulut ménager tes sueurs.

C'est là qu'il attendit le retour de l'Empire,
Vit la loi violée et défendit la loi ;
Et c'est là qu'il nous dit :
                            Français, un peuple expire
« S'il acclame celui qui mentit à sa foi. »

Mais l'Empire grandit...
                        Thiers luttait, inflexible,
Au nom de la Justice et de la Liberté ;
Aux haines des vendus demeurant impassible,
Ralliant les vaincus forts de sa fermeté.

Il laissa le torrent populaire, la roue
Énorme s'élancer ; puis l'orage éclata.
Et voyant l'avenir :
                        « C'est la France qu'on joue,
« Sans espoir ! » cria-t-il.
                            Mais chacun l'insulta :

« Lâche ! » lui cria-t-on.

                    Comme on disait naguère :
« L'Empire, c'est la paix, » on disait aujourd'hui :
« Marchons !... la dynastie a besoin d'une guerre. »
. . . .

Tandis que lui, pensif, voit où l'on nous conduit.

IV

1 8 7 0

—

Bientôt voilà Sedan, et puis voici Bazaine,
Ce double écroulement fatal !
                                    Le flot germain
Se gonfle chaque jour, monte... déborde, entraîne
Tout... et nous n'avons plus même le lendemain.

Alors, vieillard brisé, retrouvant son courage,
Thiers s'élance, et du nord au midi, va partout,
Avant que, pour jamais, n'arrive le naufrage,
Dire aux peuples frappés d'épouvante : « Debout !

« Debout, sauvez la France, il en est temps encore,
« Sauvez celle qui marche en tête du Progrès,
« Acceptez-vous la nuit, chasserez-vous l'aurore ?
« Si l'avant-garde meurt, qui suivrez-vous après ?

« Car, vous vous souvenez que pour chaque œuvre humaine,
« Où l'on avait besoin de sang, d'audace et d'or,
« Elle marcha, disant au Progrès : qu'il la mène !
« Peuples, sauvez la France, il en est temps encor ! »

Non, il était trop tard : derrière lui, l'empire
Avait laissé le monde envieux ou surpris,
Et l'Allemand nous tient à la gorge, ô vampire,
Sûr de prendre demain ce qu'hier n'a pas pris.

V

LE LIBÉRATEUR DU TERRITOIRE

Ecoutez !... « La France est perdue,
Paris rend son dernier soupir. »

. . . .

Et la Ville leur fut rendue,
Et tout fut à leur bon plaisir.

« Allons, qu'on pille et que l'on tue,
« Disaient-ils, tout est dans nos mains ;
« Votre France expire, abattue
« Sous les pieds des chevaux germains.

« Allons, change un étroit royaume
« En empire, et que, jusqu'aux cieux,
« Nos Te-Deum, ô vieux Guillaume,
« Montent en cœurs victorieux !

« Français, sommes-nous bien les maîtres?
« Versailles est notre palais ;
« Vos gloires, des mains de vos traitres,
« Passent dans nos mains... Comptez-les!

« Nous les avons toutes !... L'histoire
« N'inscrivit, au cours du Destin,
« Jamais plus immense victoire,
« Jamais plus énorme butin ! »

Et c'était vrai... Froide et sanglante,
La France gisait sans secours,
La horde fourmillait, hurlante,
Marchait et grossissait toujours.

Au ciel noir que la nuit dévore,
L'incendie, horrible flambeau,
Brûlait... Entre nous et l'aurore,
Etait la pierre du tombeau.

Mais tandis que leurs chants funèbres
S'élevaient lourdement sur nous,
Une voix sortit des ténèbres.
« O France, dit-elle à genoux !

« Vois tes hontes, vois, ô victime,
« Les toits détruits, le sang versé,
« Et, de tes pleurs, emplis l'abîme,
« Que tes propres mains ont creusé !

« Mais lorsque cet abîme immense
« Débordera de pleurs... Assez !...
« Debout !... L'avenir recommence ;
« Au gouffre, laisse le passé ! »

Nous ayant parlé, la voix sombre
S'adressa, sublime, aux vainqueurs,
Et l'on eut dit qu'au loin, dans l'ombre,
Montaient de légères rougeurs,

Que des reflets d'aubes prochaines
Sortaient vaguement du néant.
Le vainqueur regarda nos chaînes,
Pensif... La voix dit au géant :

« Je veux te racheter la France,
« Fixe le prix !... » Et longuement,
I's fixèrent la délivrance
Et la rançon... le châtiment !

Seul, devant l'Allemagne entière,
Un-vieillard discuta, parla,
Combattant pour la prisonnière,
Pour la France... et conclut cela :

Qu'à prix d'argent, chaque victoire
Soit payée et les milliards,
Font pas à pas, du territoire
Sortir la horde des pillards.

Alors vers la France proscrite,
Thiers se tourna, criant... « De l'or !...
« A pleines mains, sans qu'on hésite,
« De l'or, toujours, sans cesse, encor !

« Nous avons Belfort et l'espace
« Redevient libre devant nous,
« Là bas, la Lorraine et l'Alsace
« Restent... mais sous nos yeux jaloux.

« .Elles ont le poids de la chaîne
« Tout entier, mais les regardant,
« Dans nos cœurs, nous sentons la haine
« Nous brûler de son souffle ardent.

« A l'œuvre donc, France vaincue,
« Relève-toi pour l'avenir,
« Que l'heure d'angoisse vécue
« Soit pesante de souvenir !

« Lavons le sang, séchons les larmes,
« Recueillons-nous et calculons
« Ce qui fit arracher les armes
« A nos plus vaillants bataillons.

« Des actes et plus de paroles,
« Et songeons, si près du déclin,
« Que nous avons, ô tristes rôles,
« Entendu crier : « à Berlin ! »

Il se tut... Et la France entière
Releva le front fièrement,
Sa plaie énorme à la frontière,
Presqu'au cœur, saignait lentement.

Elle couvrit la plaine ouverte,
Et de ses mains, l'or déborda ;
Chaque injure, autrefois soufferte,
Dans son cœur sourdement gronda.

Mais sage, sous la voix profonde,
Pesant chaque heure, elle fit voir,
La France, dont riait le Monde,
Entière à son nouveau devoir.

Et le Monde vit, en silence,
Cet effort énorme, inconnu
Et cette froide vigilance,
Et le vieil honneur revenu,

Et l'antique gloire enchaînée,
Prête à reprendre son essor,
Cachant déjà la destinée,
A l'ombre de ses ailes d'or.

———

Sept ans sont passés sur ces choses,
Français, vous avez vu ce deuil,
Cette nuit, ces métamorphoses,
Du tombeau, vous vîtes le seuil ;

Et maintenant, l'aurore monte,
Le ciel est presque bleu sur vous,
Et le souvenir de la honte
Est aux traîtres et plus à nous !

Mais, citoyens, la voix puissante
Qui, lorsque la France pleurait,
Couvrit la voix retentissante
Du Barbare qui s'enivrait ;

Celui qui domina l'orage,
Prit notre honneur, l'a défendu,
Sut nous arracher au naufrage,
Alors que tout était perdu ;

Cette voix si longtemps vibrante,
Qu'hier encor vous entendiez,
Est dans la tombe dévorante,
Là !... dans le néant, sous nos pieds !

L'homme qui brava la tempête,
Dont le monde entier vascilla,
A son tour, a courbé la tête,
Mais devant la mort... Il est là !...

Là, le sauveur, le patriote,
Là, l'infatigable lutteur,
Lui qui répara chaque faute,
Lui qui reprit chaque hauteur,

Lui qui, sur cette route immense,
Où nos aïeux avaient jeté,
L'arrosant de sang, la semence
Des droits et de la liberté,

A remis rajeunie et forte,
La France tombée au plus bas,
Car si la France n'est pas morte,
C'est par lui, ne l'oublions pas !

Que partout où bat un cœur d'homme,
Quand le nom de Thiers retentit,
Sous le palais ou sous le chaume,
Oubliant idée ou parti,

Chacun, chaque Français s'incline,
Et qu'il sente battre son cœur,
Au plus profond de la poitrine,
Au nom de son Libérateur !

VI

LA TOMBE

Le Trépas !... qu'est-ce donc que ce spectre farouche ?...
    Tout et rien !
        Il saisit le corps,
Sa voix gronde, et l'homme se couche
Froid et muet au rang des morts.

Il a tout pris, si la mémoire
De cet homme meurt avec lui ;
Mais, repliant son aile noire,
Que lui reste-t-il, si la gloire
Au-dessus du sépulcre a lui ?

Rien !... car l'œuvre qui fut suivie,
Au gré de la postérité,
Redevient la seconde vie,
Et voilà l'immortalité !

Alors que vous posez le front dans la poussière,
Que vous rendez le corps à qui vous le prêta,
Voir en avant n'est rien, regarder en arrière
Est tout :
        Voyons d'abord où l'œuvre s'arrêta.

Humble, sur le tombeau, vous laissez à vos frères
L'exemple du devoir, l'amour des droits ; enfin
Revivant dans vos fils, revenant à vos pères,
Vous êtes un anneau de la chaîne sans fin.

Fort, vous avez donné vos bras à la patrie,
Votre âme tout entière aux soins de sa grandeur,
Vous tombez... Mais qu'importe, et l'avenir vous crie :
    « A moi, le fruit de ton ardeur !

    « Cette France qui fut ton âme,
    « Vit de ta vie et de ton sang,
    « Ton souvenir est une flamme
    « Au foyer toujours grandissant.

« Et, pour nos fils, qui vont te suivre
« Dans la route de l'avenir,
« Tes enseignements vont revivre,
« Et ton exemple les unir !

« Pour eux, la France est immortelle,
« Car tu l'as ravie à la mort ;
« Ils combattront, croyant en elle :
« Croire, c'est le secret du fort.

« Et vienne une lutte suprême,
« Ils verront, ô dernier bienfait,
« Ton souvenir faire lui-même,
« Tout ce que ta présence eût fait ? »

Or, s'il fut un Français qui n'aima que la France,
S'il fut pour la Patrie un ardent défenseur,
Niant le désespoir, rappelant l'espérance,
Opposant sa poitrine au flot envahisseur,

C'est, avant tout, celui que Paris sombre, immense
De douleur, a conduit lentement au tombeau :
Thiers !...
       Dont l'œuvre finit ?...
              Non !... elle recommence ;
Au flambeau qui s'éteint, touche un autre flambeau.

Le Temps a pris sa vie, il reste sa pensée ;
Elle plane sur nous, renaît dans tous les cœurs,
Et nous accomplissons son œuvre commencée.

. . . .

Il est au but... là-bas !... attendant les vainqueurs.

Donc, assez de pleurs sur la tombe,
Thiers reste et guide encor nos pas ;
Car, s'il faut que le corps succombe,
C'est un peu de cendre qui tombe,
Mais le grand homme ne meurt pas.

8 septembre 1877.

TABLE

———

Meaux. — Imprimerie G. DESTOUCHES, rue de la Juiverie, 1.

DU MÊME AUTEUR

POUR PARAITRE INCESSAMMENT

LES

DRAMES DE LA MER

———

PREMIÈRE PARTIE

SUR LA COTE

Meaux. — Imprimerie G. DESTOUCHES.